사랑을
글로 배웠습니다

사랑을 글로 배웠습니다

ⓒ 이상민, 2022

초판 1쇄 발행 2022년 5월 11일

지은이   이상민
펴낸이   이기봉
편집   좋은땅 편집팀
펴낸곳   도서출판 좋은땅
주소   서울특별시 마포구 양화로12길 26 지월드빌딩 (서교동 395-7)
전화   02)374-8616~7
팩스   02)374-8614
이메일   gworldbook@naver.com
홈페이지   www.g-world.co.kr

ISBN   979-11-388-0943-6 (03810)

사랑을
글로 배웠습니다

이상민 지음

좋은땅

프
롤
로
그

수많은 사람들이 스쳐 지나가지만
아직도 '사랑'이란 단어는 어렵고
다가가기는 두렵다.
매번 똑같은 반복으로
사랑을 하고 이별을 하며
결혼을 하고 이혼을 한다.
'사랑'은 내가 가장 빛나는 순간이자
내가 가장 어두워지는 순간이다.
아무것도 모를 때 만났던
순수한 사랑과 인연은
추억이 되었고

현시점에서 주저하는 연인들과 솔로들에게

따뜻한 사랑을 꿈꾸길 바라는

마음과 회상을 담아

이 책을 써 내려 본다.

《사랑을 글로 배웠습니다》

사랑을 방황하는 이들에게 이 책을 전합니다.

| 목차 |

프롤로그 ‥ 4

1. 썸

우리 사랑할래요? ‥ 12

사랑을 주고 싶다 ‥ 13

정말로 사랑한다면 ‥ 14

사랑 그리고 이별 ‥ 15

너와 나 사이 ‥ 16

간 보지 마라 ‥ 17

첫사랑 ‥ 18

생각난다 ‥ 19

무뎌진 사랑 ‥ 20

결혼식을 한다면 ‥ 21

사랑은 어렵다 ‥ 22

사랑해 미안해 ‥ 23

꿈이 많은데 ‥ 24

설레긴 하니 ‥ 25

사랑 아무것도 아냐 ‥ 26

집착 좀 하지 마 ‥ 27

사랑도 재주가 있다면 ·· 28

고민할 때 ·· 29

사랑이 죄인가요 ·· 30

설레발 ·· 31

사랑과 이별 사이 ·· 32

2. 인연

사랑 끄트머리 ·· 34

사랑은 고독하다 ·· 35

꿈같은 사랑 ·· 36

한 마리의 백조 ·· 37

지친다 ·· 38

다가가지 못하는 너 ·· 39

애칭 ·· 40

부부 ·· 41

똑같은 인생, 다른 삶 ·· 42

헌팅 술집 ·· 43

사랑이란 ·· 44

모태 솔로 ·· 45

망설임 ·· 46

스펀지 ·· 47

사랑은 타이밍 ·· 48

외톨이 아니야 ·· 49

언제나 네 편이야 ·· 50

이제 다시 사랑 안 해 ·· 51

나만 모르는 사랑 ·· 52

소나기 ·· 53

축 처진 어깨 ·· 54

─── **3. 연인** ───

당신만이 ·· 56

봄날의 꽃처럼 ·· 57

취중진담 ·· 58

양다리 ·· 59

동고동락 ·· 60

썸 탈 거야 ·· 61

연애하고 싶다 ·· 62

좋아하는 사랑 ·· 63

누군가를 위해 살아간다는 것은 ·· 64

네 감정이 내 감정이야 ·· 65

꿈에서 만나 ·· 66

보통연애 ·· 67

나만 모르게 ·· 68

사랑하는 사람과 걷는 길 ·· 69

권태기 ·· 70

국경 없는 사랑 ·· 71

짜인 각본 ·· 72

이슬처럼 ·· 73

재화로 살 수 있는 감정 ·· 74

어렴풋이 ·· 75

가치 ·· 76

4. 결혼

쟁취합니다 ·· 78

꿈속에서 ·· 79

외모 지향 주의 ·· 80

술자리 ·· 81

감정이 메말랐습니다 ·· 82

끝 사랑 ·· 83

그림자 같은 사랑 ·· 84

해바라기 ·· 85

고마운 내 사랑 ·· 86

손짓 ·· 87

내 사랑 ·· 88

사랑인가 봐 ·· 89

솜사탕같이 ·· 90

나침판 ·· 91

따뜻한 한 끼 ·· 92

그냥 잡았다 ·· 93

내 심장 ·· 94

아직도 잘 모른다 ·· 95

보고 싶은 날엔 ·· 96

상처 받지 마 ·· 97

그때 그 시절 ·· 98

에필로그 ·· 99

1장

×

썸

새로운 설렘의
시작과 도전

우리 사랑할래요?

그대가 꽃이라면
저는 나비가 될래요

그대가 불이라면
저는 장작이 될래요

각자의 꼭짓점에서
한 선이 되기까지

그냥 숨만 쉬고 있을 테니
그대 옆에만 있게 해주세요

사랑을 주고 싶다

오늘도 듣는다
사랑을
내일도 꿈꾼다
연애를

옹기종기 모여 있는
장독대 안에
정성이 있듯

내 주머니 속에도
너의 심금을 울릴 수 있는
무언가 있다면

정말로 사랑한다면

거리가 무슨 한계가 있을까
진정으로 사랑한다면

빛이 무슨 죄가 될까
진정으로 사랑한다면

굽이굽이 얼굴 속 골짜기마저도
함께할 수 있는 게
바로 진정한 사랑

사랑 그리고 이별

N극과 S극이 만나
붙어만 있을 줄 알았지
떨어질 줄 누가 알았겠는가

속삭이듯 사랑을 하고
속사포처럼 이별을 마주한다

너와 나 사이

허물없이 만났던 게
엊그제 같은데
벌써 많은 시간이 흘렀구나

그저 초롱초롱한 눈망울에 취해
그냥 너만 바라보았지

그냥 조잘조잘 거리는 너의 잔소리에
그저 내 귀만 팠지

간 보지 마라

물이 끓지도 않았는데
수분이 날아가지도 않았는데
대뜸 다가오는 너

준비도 안 된 상태인데
유심히 보고
접촉하고

그러다가 다시 자취를
감춰 버린 너

첫사랑

수많은 사람들이
머릿속을 스쳐 지나간다

뭣도 모를 때
만나 그저 사랑이란
감정만으로 서로를 알아갔지

잊혀진 게 오래전인
우리의 첫 번째 사랑을
그저 추억으로
그저 웃음으로
넘기는구나

생각난다

혼밥을 할 때
길을 걸을 때
문득 그대가 떠오른다

외롭지도
무섭지도 않는
이 밤공기에서
그저 떠오르는 건
함께해 왔던 시간들

무뎌진 사랑

언제부터인가
사랑을 주는 법도
사랑을 받는 법도
서툴러진다

꽃다운 청춘에는
손만 잡아도
설렜던 그 감정들이
이제는 무심코
내 손 하나 쥐기도
힘든 나날들이 오곤

결혼식을 한다면

네가 좋을 때도 네가 싫을 때도
함께 행진할 수 있는 곳이 생긴다면
어떤 기분일까

무뎌진 감정 속에서
그 하루만큼은 공주와 왕자가 되어
우리의 앞날을 축복하겠지

알 수 없는 우리의 미래를
그저 축의금으로 배를 채우고
덕담 몇 마디로 마음을 채우네

사랑은 어렵다

내 삶도 어려운데
서로 다른 너와
교제를 한다는 게
참 쉽지 않네

너의 좋은 모습만
나의 좋은 모습만
바라보기에는
너무 늦은 거니

그저 어찌 될지 모르는
앞날을 뒤로한 채
폭죽처럼 우리의
미래를 쏘아 올리네

사랑해 미안해

썸 사이에
듣고 싶은 말

연인 사이에
가장 흔한 말

부부 사이에
지겨운 말

꿈이 많은데

육아를 하다 지친 너를 보면
가슴이 아려진다

네 어릴 적 꿈은
이게 아니었을 텐데

그저 오늘만 살 것처럼
집안일과 육아를
커피 한잔으로
꿈과 마음을 달랜다

설레긴 하니

우리가 만난 지
어느덧 365일 하고도
2일이 지났네

처음 봤을 때는
눈동자가 동글했는데
자꾸 보니
몸뚱이가 둥글해지네

마치 내가 너에 대한
식은 감정을 정신적으로
느낀 것과 같이

사랑 아무것도 아냐

언제나 불처럼
활활 타오를 것 같지만
또 그게 아닌 것 같아

그저 바라만 보고
있는 너의 눈빛이
이별을 암시하듯

불길도 쉽게
금방 꺼져 버리네
우리의 식은 사랑처럼

집착 좀 하지 마

그냥 하는 일이 너무 많은데
답장이 늦으면
안달복달하는 너를 보면
내 자신이 초라하고
네 자신이 한심한 것 같아

어차피
우리 사이 이미
끝났는 걸
너만 모르는구나

사랑도 재주가 있다면

동물들은
먹잇감을 받기 위해서
재롱을 부린다

어린 사람들은
용돈을 받기 위해서
말을 잘 듣는다

사랑은
어찌해도 마음을 몰라준다

고민할 때

잡을까 말까 할 땐
잡아라

줄까 말까 할 땐
주지 마라

고백할까 말까 할 땐
고백해라

그냥 후회 없이 살려면
고민하지 말고 시도해라

사랑이 죄인가요

도심 속
대중교통을 이용하는
수많은 시민들 속

한 연인이
애정행각을 하고 있네

그저 어르신들의
눈초리에
어찌할 바를 모르는
연인들이
이 말을 남기고 싶어 하네

설레발

당신과 약속이 잡혔네
무슨 옷을 입을지
무엇을 먹을지
무슨 말을 할지

미래를 예측하지는
못하지만
그이와 함께라면
무엇이 두려울까?

사랑과 이별 사이

많은 이들은 만남과
헤어짐 반복의 연속을 느끼네

언제쯤부터일까
이제는 사랑이라는 게 두렵고
이별이라는 게 익숙해진다

세상은 그렇다
네가 있으면 도태되고
네가 없으면 공허함에 빠진다

2장

×

인연

서로 다른 각에서

원이 되기까지

사랑 끄트머리

오늘도 싸웠다
딱히 아무 이유도
큰일도 아닌 걸 가지고

오늘도 뜯었다
사소한 것에
트집을 잡고 생색을 내고

오늘도 무뎠다
일상 같은 이런 나날들의
끝은 없을 거라고

사랑은 고독하다

그냥 그렇게 만나고
언제 헤어질지 모르는
사랑은 외길 인생을
암시한다

나의 생각과
전혀 다르게 흘러가면
속상함도 익숙해져 버리고
익숙함도 도태해져 버린다

꿈같은 사랑

서로 다른 모서리가
만나 원이 되기까지
소요되는 시간은 182.5일
이마저도 서로를 알아 가는데
턱없이 부족하지만

새로운 나날들을
앞서 스케치하고
도색하며 미래를 꿈꿔 본다
하얀 도화지에
밝은 원으로 그윽하길 바라며

한 마리의 백조

결혼식을 하는 백조를
보았다
우아하고 아름다운
자태를 보아하니
호수도 빛나 보였다

언제나 든든하고
내 편이였던 그는
이제 새로운 짝을 만나
훨훨 호수를 누비길
그리고 행복하길

지친다

언제나 만나도
즐겁던 20대의 나날들이
지금은 그저 쉬고 싶다

권태기였던 걸까?
눈이 높아진 걸까?
멋진 사람이 나타난 걸까?

늘 우리는 아름다운
사랑을 꿈꾸고 약속하지만
연애기간이 길어지면
질수록
이 말이 떠오른다

다가가지 못하는 너

마음이 이끌리는 대로
움직이면
그 사람을 잃을까 봐
아무것도 못할 때가 많다

감정을 표현하려면
괜스레 멀어질까 봐 두렵다

먼저 말을 걸자 하니
오히려 방해가 될까 봐 무섭다

애칭

오늘도 그린다
너를
내일도 색칠한다
자기를

부부

없으면 허전하고
있으면 괴롭다

없으면 고독하고
있으면 두렵다

없을 땐 자유롭고
있을 땐 각박하다

똑같은 인생, 다른 삶

밤을 지나가다
어느 골목
모퉁이를 돌면 간혹
고양이들이
울부짖는다

마치 누구를 찾는 것 마냥
너네도 사람들과
별반 다를 게 없구나

어미를 잃어서
울부짖는 너희와
동반자를 잃어
울음을 터드린 자들과

헌팅 술집

남자는 유혹할 때
상냥하고
여자는 거절할 때
상냥하다

남자가 번호를 물을 때
정중하고
여자가 없는 남친 있다 할 때
정중하다

사랑이란

처음에는
어색한 사이로 만나
감정을 교감하고

계속 만나다 보니
서로를 가장 빛내는 순간
그리고 그 순간을
잊지 못하게
인내와 함께
추억을 쌓는다는 것

모태 솔로

사랑이라는

단어가 생소하고 낯설다

하지만

확실한 건

그들이 느끼기에

언젠간

느껴 보고 싶은 감정이다

망설임

낯선 이성에게
문자를 하고 싶다
아니 연락을 하고 싶다

수많은 고민 끝에
시간은 흐르고
오늘도 그 시간을 잊은 채
다음을 기약하고 생각한다

스펀지

흡수하면 좋겠다
그대의 마음을

내뱉고 싶다
아픈 상처를

묻히고 싶다
우리의 추억을

사랑은 타이밍

누구를 만나건 간에
인생은 아니
사랑은 타이밍이다

어제 있었던 남친
또는 여친도
내일이면 어떻게 될지
모르는 게 사랑이라

기회를 잘 잡아야 한다
모레는 네 사람이 될 테니깐

외톨이 아니야

수많은 연인들
부럽지 않아
주위에는 친구가 많거든

수많은 커플들
질투 나지 않아
내 일도 바쁘거든

기념일 같은 건
없어도 돼
내 인생 하루하루가
기념일만큼 소중하니깐

언제나 네 편이야

어제도
내 편이었던
그가

오늘도 나의 편이
되어 줬네

항상
안 보였던 것
같지만

늘 내 곁에
맴돌곤

이제 다시 사랑 안 해

어제 만났다
그리고 몇 달이 지나고
헤어졌다

만날 때
행복한 건 순간이고
헤어질 때
외로운 건 나날이다

나만 모르는 사랑

많은 사람들이
돌고 돈다

연애도 사랑도
쳇바퀴 돌 듯이
돌고 돈다

소나기

대낮에
여름비가 내린다
우산 없던 우리는
서로의 어깨를 맞대고
온기를 느낀다

추울 법도 하건만
잠깐의 지나가는
비라 생각하고
그저 우리의 갈대 같은
마음처럼 하염없이
내리는 것을 지켜만 본다

축 처진 어깨

우리가 만날 때
볼 수 없었던
퇴근길
위축되어 있는
너의 어깨를 보았네

그저
마음의 무게를
옮긴 것 마냥

회사에 대한 스트레스와
넘쳐나는 업무량,
지나친 퇴근 시간을
어깨로 그렸네

3장

×

연인

높은 친밀감과
책임감 사이

당신만이

내가 아플 때나
지칠 때나
역시 조강지처뿐이다

친구도
언젠간 떠나고
부모도
언젠간 밀어낸다

오직 한 사람만이
나를 관대하게
바라보며
외마디를 남긴다

봄날의 꽃처럼

네 곁에 있으면
좋은 향기가 나

네 곁에 있으면
주위에 벌들이 맴돌아

네 곁에 있으면
한 폭의 그림 같아

취중진담

술을 마시면
모든 감정이
자연스럽다

그래서
우리의 모든 감정을 쏟아
울고 웃고

네가 싫어도
곁에 있어야 하고
네가 좋아도
떠나게 만드는
솔직한 얘기를 할 수 있는 시간

양다리

무엇이 잘났는지
모르겠지만
간혹 양다리를 걸치는
사람들이 눈에 보인다

무슨 행복을 누리고자
어떤 목적을 두고자
그러는지는 도통 알 수 없지만

그렇게 해서
얼마나 많은 이들을 꼬셔서
네 인생을 행복하게 만들거니

동고동락

가족보다 함께할 때가
많았다

밥 먹는 시간조차
아까워서
연락을 했고

잠자는 시간조차
두려워서
표현을 했다

그저 함께하는
나날들이 좋아서

썸 탈 거야

네가 무슨 일을 하는지
고향이 어딘지
몇 살인지
딱히 중요하지 않아

그냥 너와 함께 있으면
따뜻하고 행복했어
그러니깐 이제는 준비해 볼래
네가 마음의 포문을 열 때까지
그리고 조금씩 가까워진다면
우리는 시작할 거야
헤어질 그 순간까지

연애하고 싶다

우리는 수많은
이성과 교제를 하고
이별을 한다

만나면 이별이 두렵고
사랑을 하면
빠질까 봐
무섭다

그런데도
공허함과 허전함은
커플들과 가족들을 바라보며
매 순간 느끼는 감정

좋아하는 사랑

우리가 마음에 드는
사람들은 다들 동반자가 있다

좋은 사람들은
일찍이 짝을 찾기 마련이니깐

그러나 아쉬워할 필요는 없다
그저 우리는
사랑을 좀 늦게 찾고
많은 사람을 겪어 보며
다양한 감정을 느끼는 중이니깐

누군가를 위해 살아간다는 것은

내가 결혼을 해서

부모가 된다면

자식을 잘 키울 수 있을까

내가 결혼을 해서

반려자를 만나면

그 여자만을 위해 살아갈 수 있을까

문득 의문점이 생긴다

내 생도 바쁘게 흘러가는데

누군가를 위해 헌신과 배려하며

살아간다는 것을

네 감정이 내 감정이야

어느 날
눈물을 훔친 너의 모습을 보았다
나라고 어찌 그 마음이 애석하지
않았으리
애써 태연한 척
그저 웃음으로 넘긴다
내 마음은 그게 아닐 텐데도

그저 바보같이
속마음과는 다르게
아닌 척한다

꿈에서 만나

썸을 탈 때나
연애를 할 때나
늘 자기 전에
꿈에서 보자고 한다

실제로
나타난 적도 없는
형식적인
이 문구는

많은 이성을
두근거리게 만든다
그저 쓸 말도 없는
우리 사이에
문장이 필요하기에

보통연애

누구를 만나면
조건을 두고 싶지 않다
외모도 성격도 직업도

그냥
평범한 사람과
평평한 대화로
평행을 유지하며
연애를 한다는 것이
이 또한 쉽지 않구나

보통으로
누구를 만난다는 게
가장 힘든 것임을 인지한다

나만 모르게

네가 무엇을 하든
난 개의치 않아
그저 나만 모르게
무엇을 한다면

그런데
들키면 나도 곤란해
너도 본능적인 사람이지만
나 또한 감정적인 사람이거든

사랑하는 사람과 걷는 길

어딘지 모르게 하염없이
걷는다
이게 돌길인지 꽃길인지
구분이 되지 않지만
그와 함께라면
무엇이 두려울까

하염없는 장미의 가시는
스쳐 지나가는 지압이고
위에서 울리는 까마귀 소리는
행진곡으로 들리는
이곳은
사랑길

권태기

이럴 거면 시작하지를 말았어야지
몇 년이라는 시간이 흐르니깐
네 옛날 모습이
점점 없어지는구나

불타오를 것만 같더니
그저 불씨를 소화기로 꺼내리려고 하네
점점 시간이 지날수록
사회적 거리두기를 하는
네 모습이
그저 외롭기만 한
나를 거울 속 바라보게 되네

국경 없는 사랑

한국인보다
외국인을 많이 만나고
오히려 외국인이 편할 때가 많다

그저 서로의 감정을
알아 가는 데 많은 시간이 필요하지만
다양한 외국에서
문화와 언어를 교류하며
서로를 알아 간다는 것은
정말 행복한 일

그리고 그것을 허물어
사랑으로 이루어진다면 감사한 일

큰 스트레스 없이
주위를 신경 안 써도 되니깐

짜인 각본

연애는 마치
짜인 시나리오이다

내가 원하든
원치 않든
그 누군가를
만난다는 것은
하늘에서 내려 준 인연

그리고 그 인연을
맺게 해주는 것은
서로의 신뢰와 믿음

이슬처럼

새벽에 일어나 보니
연잎에
많은 이슬이 맺혔다

하루를 지나고 안 본 사이에
너희는 맑은 눈망울을 가졌구나

재화를 주고 렌즈나 의학적 수술을
하는 사람들에 비해
자연적인 눈망울을 얻은
너희가 부럽구나

재화로 살 수 있는 감정

사랑은 돈으로 살 수 없지만
감정은 돈으로 살 수 있다

결혼정보회사를 통해서
국내결혼과 국제결혼도 할 수 있다

우리의 사랑과는 무관하게
서로의 감정만을
교감하여 사랑을 만들기에
물질적인 것으로도 충분히
상대방의 감정을 이끌어 낼 수 있다

어렴풋이

모든 연애의 시작과 끝은
소박한 추억이다

세월이 지나고
다른 이성을 만나게 되면
전에 만났던 상대방은
그저 지나가는 낙엽일 뿐

가치

서로를 배려하고 존중하고
배울 점이 많다면
같이 즐겁게 누릴 수 있는 것이 많을 것이다

한 사람의 열정과 노력을
한 줄로 요약할 수 없다는 걸 느낀다면
진정한 가치 있는
사람과 교제하는 것이 아닐까?

오늘도 내일도 모레도
같이 있는 가치를 느껴 본다

4장

×

결혼

평생을 함께 할
조력자

쟁취합니다

갖고 싶은 모든 것을
가질 수는 없지만
그것을 가지기 위해서
부단한 노력을 합니다

그중 가장 어려운 것은
사랑을 쟁취하는 게
어려운 일이 아닐까요?

가볍게 만나고
의미 없는 대화로
하루를 보내는 이들이
많지만

진정 사랑한다면
먼저 다가가세요
그리고 그것을 소유하도록
쟁취하세요

꿈속에서

나도 모르게
마음에 두는 사람이
꿈에 나오곤 한다

그이가 알지
모를지는 모르겠지만
꿈에서는 모든 것을
그와 함께 할 수 있다

현실과 다르게
누구든 만날 수 있는
기회가 제공되는 공간이기에

외모 지향 주의

많은 이들은
외모와 몸을 본다

얼굴을 뜯어 먹고
살 것은 아니지만
몸매로 돈을
벌 것은 아니지만

그저 자신의 만족감을
유발시키거나
본능적인 감정이기에

술자리

많은 진솔한 대화와
편안한 휴식을 주는 것은
외식을 하는 것과
음주가무를 즐기는 것이다

이 자리를 비롯해서
서로를 교감할 수 있는
시간이 마련되기에
소중한 시간 낭비하지 말자

그리고 타인이 살아온
경험과 인생은
우리에게 큰 굴곡선이
될 것이다
스쳐 지나간 연애관계
얘기들일지라도

감정이 메말랐습니다

일을 바쁘게 하다 보면
우리가 원치 않은
감정을 표현할 때가 많다

이성을 만나서
썸을 타고 연애를 하기까지
어떠한 모습으로
우리를 표현한다는 것이
참으로 어려운 일이다

가식적으로 다가가기에는
모순적이고
현실적으로 다가가기에는
너무 이성적이기에

끝 사랑

우리가 만나는 모든 이들이
늘 끝 사랑이길 바라 본다

상대방이 원하든
원치 않든
많은 사랑의 이별은 지치니깐
그리고 사랑의 종착역은
늘 결혼이니깐

그림자 같은 사랑

밤마다 가로등 아래로

비치는 그림자는

우리를 외롭지 않게 한다

마치 연인처럼

때론 부부처럼

너무 붙어 있어서

괴로울 때도 있지만

이 또한 따뜻한 사랑이리

해바라기

고무신 거꾸로
신지 마라
네 앞날 어두워진다

회사에서 짧은 치마
입지 마라
네 앞날 꼬여 버린다

집에 있을 때
전화해라
우리 미래 밝아진다

고마운 내 사랑

꼭 연인이 아니라도
가족과 친구들에게도
사랑을 줄 수 있다

우리가 힘들 때
우리가 지칠 때
우리가 아플 때

위로해 주는
이 모든 이들에게
이 말을 전해 주고 싶다

손짓

배웅할 때
인사할 때
그저 말 한마디 없이
손짓을 표시한다

딱히 할 말도 없는
우리 사이이기에

내 사랑

사랑은
많은 거품들로
이루어진다

하지만
없어지는 것도
순식간이다

사랑인가 봐

그냥 같이 있으면
든든하고
행복하다

그냥 같이 밥 먹을 때
재밌고
즐겁다

그냥 그래서
계속 함께 있고 싶다
그는 모르게
그리고 언젠간
조심스레 다가갈 거기에

솜사탕같이

함께 있으면
달콤하다

무겁지 않아
오래 들고 다닐 수 있다

마치
우리의 이성을 바라보듯
연인 아닌 연인같이
말이다

나침판

갈피를 잡지 못했다
정답은 있지만
어디서부터 가서
무엇을 사서
어떤 것을 줘야 하는지 말이다

꽃을 사자니
일찍 시들고
쵸콜릿을 주자니
빨리 녹을까 봐
오래 간직할 수 있는 것을
무언가 주고 싶다

따뜻한 한 끼

바쁜 일과와

과도한 업무로 인해

끼니를 잘 못 먹을 때가 많다

어느 직업이든

귀천 없고

어느 노력이든

불행 없다

그저 따뜻한 무언가를

같이 먹고

우리의 미래를 그려 본다

그냥 잡았다

헤어지면
어찌 될지 불 보듯
뻔하지만
그냥 잡았다

좋아하는 사람
마음을 훔치려고
손을 잡았다

놓치면 후회할까 봐
안도하면 없어질까 봐
너를 잡았다

내 심장

너와 함께라면
심장박동수가 올라간다

네가 다가오면
마음이 두근거린다

너와 같이하는 모든 날이
싱숭생숭하고
행복하다
괜히 설레발 들게 말이다

아직도 잘 모른다

이성을 만나도
아직 모르는 게 많다

그 사람이 좋아하는 것을
알 수는 있지만
내적인 마음까지 알기란
힘든 것을 잘 알기에

아직도 상대방이 무슨 생각과
감정을 가진 지
알 수 없이
또 하루를 함께한다

보고 싶은 날엔

사진 한 장으로
그리운 마음을 달랜다

선물 하나로
여운을 간직한다

영상통화로
사랑을 교감한다

상처 받지 마

내가 없어도
넌 금방 나를 잊을 거야

우리 서로의 발전을 위해서
이별을 하는 거니깐

부족한 사람을
멋진 사람으로 만들어줘서 고마워

새사람 나타나면 거기에
이쁜 사랑 꿈꾸게
내게 너무 마음 쓰지 마

그때 그 시절

10대 후반,
20대 초반
젊을 때 만나서
아무 조건 없이
행복을 꿈꾸었다

딱히 가진 것
하나 없어도
서로를 동정하고
애정할 수 있는 시간들
순수하게 만나
성숙하게 자란
그때 그 나날들

에
필
로
그

사람들은 자라 온 환경에 따라서
사랑을 주는 것도
받는 것도 서툴 때가 많다.
수많은 이성들과 교제를 하지만
아직도 사랑을 하면서, 연애를 하면서
상대방을 모를 때가 너무 많기에
노력하고 배려한다.
사람마다 사랑을 표현하는 방법이
다르고 공식적인 문서가 없지만
그것으로 인해서 많은 이들이
연애를 이루기까지
많은 시간과 그리고 그로 인해
오해의 소지가 될 경우들이 많다
세상은 그렇다.

무엇이든 우리를 기다려 주지 않고
우리는 안주하지 않아야 한다.
사랑에 대한 Q는 있지만 A의 정확한 답은
없기에 우리는 오늘도
본인만의 표현 방법과 자신감을 가지고
지금 만나는 그 사람에게 용기 내어 다가가 보길 바란다.
혹여나 솔로일지라도 우리는 똑같은 사람이기에
희망과 자신감을 주고 싶다.